Frédéric Jadin

Les aventures involontaires et désignées du soldat Dinjac

Frédéric Jadin

Les aventures involontaires et désignées du soldat Dinjac

En eis! (En garde version militaire)

Éditions Muse

Imprint

Cover image: www.ingimage.com

Publisher:
Éditions Muse
is a trademark of
International Book Market Service Ltd., member of OmniScriptum Publishing Group
17 Meldrum Street, Beau Bassin 71504, Mauritius
Printed at: see last page
ISBN: 978-620-2-29706-6

FRIC DINJAC

Les aventures involontaires et désignées de FRIC DINJAC

DESSINS de Frédéric Jadin.

SCÉNARIO de F. Jadin. Théo Jacques.

Aide de : Cancan, Didier et Mella, Bernard B. ...

Bonjour!
Je m'appelle Fric.
Fric Dinjac!
Des jours heureux s'écoulaient ...
Vous avez une belle cravate!
I 1
Pourtant, un jour, une nouvelle vint stopper cette trop belle vie.
Bonne journée monsieur Dinjac!
J'étais convoqué au "Petit château". Là, se trouvaient jeunes gens... Des hommes.
Ça va les gars?! Tout va bien?!
C.R.S.
I 2
On nous mesura assis et ensuite debout. C'était assez bizarre...
Il mesure 1 mètre assis et 1 mètre 78 debout!
Nous devions lire des lettres sur une affiche. Un peu comme à l'école!
A B
d e
H i
E! Très bien!
Heu...
Retournez-vous! Allez!
I 3

Je vous rappelle que ces tests sont capitaux ! Soyez concentrés !...
?
?!?
A.B.L
Exercice n° 1.
Un kilo de pommes coûte 18 F.
Que coûte 1/2 kilo ?
A. 9 F.
B. 12 F.
C. 14 F.
? ? !
L'après-midi, je rencontrai un personnage plutôt buté ! Disons qu'il était têtu !!
?!?
D'après nos tests, vous aimez les voitures, donc, les camions. Vous serez chauffeur
Un peu plus qu'un âne. J'avoue que ce n'est pas sympa pour l'âne !
ENGAGEZ VOUS
Chauffeur Camion ! Bravo !
Mais... je ne veux pas être chauffeur !
En août 1989, je n'étais pas en train de préparer la rentrée scolaire.
Bonjour. Silence !
Non ! J'étais à l'armée. A l'instruction ...
Messieurs, à partir d'aujourd'hui vous êtes militaires. Vous êtes
Armée ...
Patrie ...
Liberté ...
des miliciens. Sachez qu'ici, papa, maman, C'est fini !
Armée ...
Patrie ...
Liberté ...
Je n'avais que peu de notion de l'imbécilité humaine. Pourtant, en quelques secondes, je me rendis compte de sa signification ! Notre orateur parlait de manière automatique. J'avais l'impression que personne ne l'appréciait. J'étais déçu !
Ben ça alors !?
!

Vous devez vous occuper de votre arme comme de votre femme!
Votre armoire n'est pas un frigo. Cela veut dire qu'il ne faut pas y laisser des bananes et des camemberts. Sinon, elle marche toute seule!!!
BEUH!!
Si l'un de vos compagnons de chambrée pue des pieds, foutez-le habillé sous la douche. Il ne recommencera plus!!
Ben ça! Ils n'ont même pas retiré les souliers!
Vive l'eau qui nous lave et nous...
Allons, allons... Se raser donne des boutons sur vos jolis visages...
Et ici, à qui devez-vous plaire?! Pas à moi, non merci!!!
?
?
Vous là, les trois gugus, vous irez faire un petit tour chez le coiffeur!!
Paix à ton âme ... Oh, beau militaire!!
Nous retrouvâmes même notre cher tableau noir.
CE SOIR
LE JOUR J...
OSION NUCLÉAIRE
FLASH
Ceci est une explosion nucléaire
Woooa! Quel beau champignon!!
Oui, il est magnifique!!!
Fini pour aujourd'hui!!!

Une activité importante régnait dans l'armurerie.
Voici ton arme soldat. Prends-en bien soin!!
Merci bien, sergent!!
Au suivant!!
Non merci!! J'ai comme principe d'haïr les armes!!
Oui et pourquoi donc monsieur Ghandi?!
Ecoutez mon jeune ami. Etant enfant, j'ai blessé mon petit frère. Bref, le seul carton que j'ai réussi s'est situé dans ses fesses!!
AH!
AH!
OH!!
iH!
* rire moqueur!
Soldat Staer!!
Pardon!
Rhâââh!!!
Ah, cela fait plusieurs semaines que je rêve de cet instant!!!
Bof!
Woaaaw!! Nathalie, je t'aime comme un vrai fou!!
SMACK

* rire sadique.

Je vous donne deux jours.
Deux jours, pour vous habituer à la terreur des pelotons !!
ROM... PEZ !!
Dans sa chambre ...
Je crois rêver. Enfin, Nathalie, je te tiens !!
?
Et voilà !!
Dites les ga's. Le compo'tement de Stae' est biza''e !
Vous croyez ce gars-là normal ?!

Hé, hé, et voilà la pose. Cher-chez l'erreur !!
J'espère que Haer ne dor-mira pas avec son arme.
Tant qu'il ne dort pas avec moi !!
Décor devenu quotidien sur le "parade-ground".
EN EIS !
Je me présente... le sergent Till. On me demande de vous ap-
prendre le salut. Très simple !
Allez, prenez vos distances. Bon, bon, nous commen-çons.
Mais qu'est-ce qu'il fait !?!
Mais, ils rient !!
Ils se mar-rent. Ils s'a-musent !!

Ben, ça... alors?! Il exagère. Trop c'est trop!
Sergent!?
Vous n'avez rien compris au salut!!
Le pouce doit être tendu! Compris!? C'est important!
Le regard fixe fièrement l'horizon!!
On doit être fier d'être militaire. Sachez-le Till!!
?
C'est bon?
Mission accomplie!!
?!
BEUH!
OH!! OH!!
Vous ne connaissez pas l'usage d'une porte?!
Non, franchement un singe vous surpasse et de loin!!
YEK!
Bouh, bouh! Jamais, je ne deviendrai premier sergent major!!
SNIF!

Mais laissons-là pour quelques instants notre pauvre sergent Chabitzi à sa grosse déception. Retrouvons nos nouveaux miliciens au moment où ceux-ci se préparent à aller manger le délicieux repas du soir ...
Au menu ce soir : Compote, saucisse et pommes de terre !!
Allez-vous manger avec nous se'gent ?!
En ... avant !!!
ARCH !!
ARCH!
AUCH... OIT... 1...2... AUCH! OIT!!
ATTENTION
Evitez le camion qui se trouve devant vous !!
HALTE!
Arrivés en face du réfectoire, une odeur nauséabonde taquinait les petites narines des braves miliciens assez surpris !!
Bon appétit, messieurs !! IH... IH...
SNIF !!
BEUH
SNIF !!
SNIF!
rire caustique.

Bzzzz
Bzzz
Oui! C'est par-là!!
Enlève ton ceinturon et ton béret sinon tes cheveux tombent dans la soupe!!!
CRAT
HIAM!! HOP!!....
SLURP!
Sincèrement, qu'en penses-tu? Allez, dis-le nous!!
Très bon!!
?
!?
MAH!
AAH! AH AH!!
C'est pas ici que je vais grossir!!!

* rire gras!

L'instruction débuta !
Aujourd'hui, messieurs, nous parlerons des champignons !!!
Pas de ceux-ci, évidemment... Mais...
des vrais. Ceux qui font boum! boum!
Pa'don se'gent, je m'ai jamais 'encont'é un aussi beau champignon !!
Vous êtes vraiment stupide ou vous le faites exprès, soldat N'ZIMBI ?!
Nous, en fait, monsieur le sergent, on le trouve très marrant !!
Ils me dépriment !!
Vous !! Quelle est la différence entre les deux !
BONG !!
Je c'ois que le p'emier est une va'iété eu'opéenne. L'aut'e est af'icaine !!
CRAC !!
EN EIS!!

LE COLONEL!!
?
Je me suis tromp... hips! Buurp!
En un clin d'oeil, tous étaient en EIS!!
Je me suis... hips... égaré! Je cherche le
bar des sous... des sous... hips... sous-officiers Burp!!
XII 1
Il en tient une bonne!
Je t'ouve cela p'op'ement scandaleux pou' un militai'e!!!
...oo Con!! Mais... il est rond. Je... vais le...
XII 2
Soldat Haer? Est-ce que l'arme est propre?
A votre place, je regarderais car si elle est sale, vous ramasseriez tout dans la...
XII 3
BOOUM!
?
IH! OH! OH! AH! AH! AH!
Ouf!!
Et alors?! Qu'est-ce que tu as?!!
XII 4

Il faut que je plante. Le drink commence à 13h00!
POUR LE COLONEL! EN EIS!
Ben ça alors?!
Nous allions, enfin, pouvoir obser-ver un camion de près. Un sym-pathique caporal nous attendait.
Moi! Moi, je suis caporal. Le caporal Bonie!
Merveilleux! Un vrai gradé! Un caporal... un véritable caporal...
Mais qu'est-ce qu'il a celui-là? Il rêve! Mais de quoi rêve-t-il?
Messieurs, voici nos bijoux. Ce sont des camions M.A.N. Ils sont beaux!
Je n'aime pas les camions!
OOOOH!
?
Pe.sonnellement, je t.ouve ces camions beaucoup t.op vieux!
MAN

J'apprenais à conduire ce nouvel engin...
T'es sûr d'avoi eu ton permis de conduire, toi? Certain?!
LEUVEN
Ne te crispe pas, gars! T'es un nerveux, toi?!
Ok, vous savez... Je n'ai jamais conduit qu'une voiture automatique.
XIV 1
Ne t'inquiète pas mon gars! Des ploucs comme toi... j'en ai connus...
Eh ben! Ça promet du plaisir!
XIV 2
J'm'appelle Lé... on, on, on... J'ai un gros camion!
Parfait... Et pour finir...
Très belle conduite mon ami...
Pas de souci... Je conduis depuis que je suis petit... J'aime!
XIV 3
ROULEZ! DROIT!!!
Pa'don se'gent, puis-je allumer la radio?!
Non! Ça c'est l'allume cigares... Du con!!
XIV 4

Après quelques heures, Dinjac s'habitua à la conduite du camion. Mais ce n'était pas encore top, top!
Nous sommes en ville, soldat. Prudence... Pas trop vite!
A quelques kilomètres de là...
N'Zimbi, Arrête-toi ici! Je vais vite chercher du Whisky!
?
Mais...
Regarde la route! Tu me fais peur!
Doucement!
Il m'énerve...
Arrivés au Carrefour...
Attention! Le feu est rouge! Il faut donc s'arrêter!
Nous y sommes. On passe calmement en 2ème...
?!
Oh... oh... Plus que 50 mètres!... Attention stop! stop!
Maman!!
STOP!

Ah... Ça y est ! Je suis mort !
GTONG !
TOUC ! TOUC !!
TOUUC !
TOUC !
Allons,... Que pensez-vous du démarrage ?!
Mon Colonel, ils sont tous bientôt rentrés ! Tout va bien !
Mais... C'est horrible ! Le bar ouvre à 16 h 00 !
BANZAÏ
Arrivé sain et sauf, l'ins-
tructeur du soldat Dinjac était...
AH ! OH ! IH
Dépité... l'instructeur... de ??
de Dinjac !
Tiens, tiens... Dinjac ne conduit pas bien !
Il a le cœur un peu fragile !
Hic !
BOUH ! OUH !!
Mission accomplie chef ! Quand est-ce qu'on commence avec les tanks ?
Plaît-il
Soldat... Vous puez l'alcool !
Trop de tourments
Je vous ferai souffler dans le ballon, moi !! Rompez !

Le sergent Chabitizi ne semblait pas très content !
Je ne suis pas fier de vous soldats ! Je suis déçu !!
ROMPEZ !!
Allons mon brave, c'est fini.
SNIF!
Alors, Din-jac... Super !?
Super Staer !
Z'avez-vous sé téter
Sonné le bougne
Je vais vite donner à manger aux Camions !
Les premiers rayons dardants de l'astre du jour nous surprit... Le moral restait au beau fixe !
Oh... Comme le ciel est beau !! super !!
Notre ami Staer était encore plongé dans ses rêves : guerres, honneurs et gloires...
Soldat, Debout !
Voici le soldat Antoine
en tenue N.B.C. !
Aaah ! Mais qu'est-ce que c'est que cette horreur ?!
AAAA...
Voilà ! Il est prêt pour la guerre nucléaire !!
PFFFF!

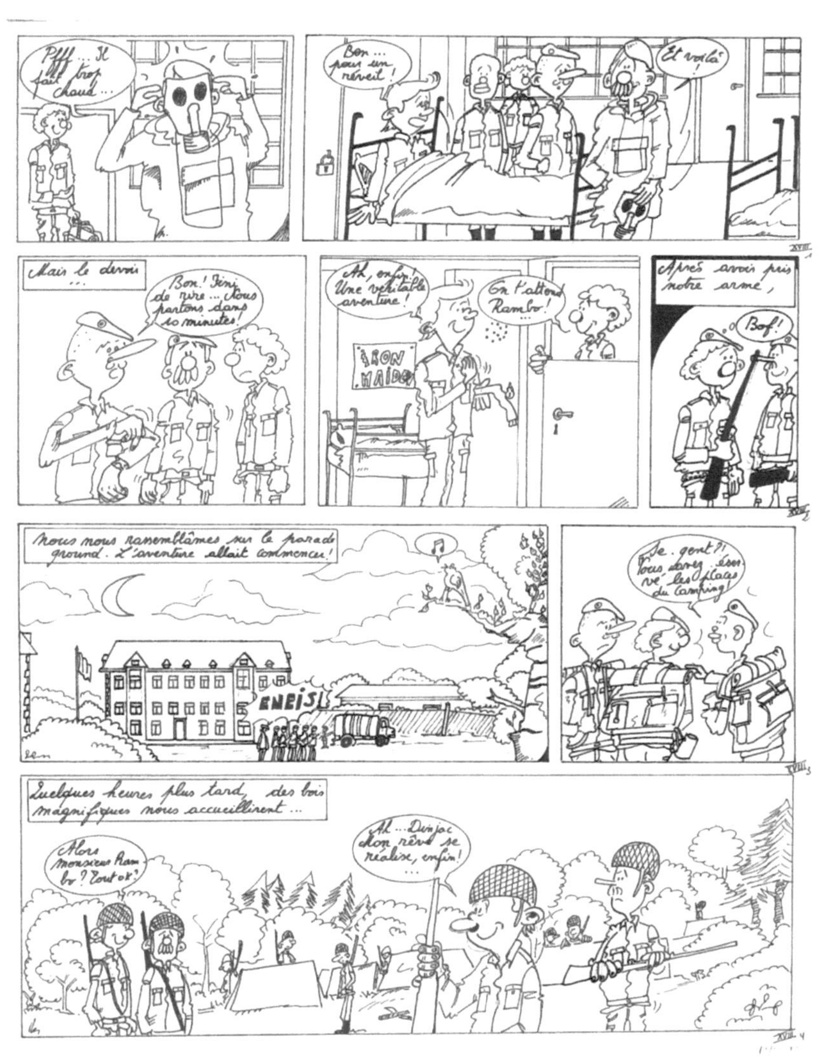
Pfff... Il fait trop chaud...
Bon... pour un réveil !
Et voilà !
Mais le devoir...
Bon ! Fini de rire... Nous partons dans 10 minutes !
Ah, enfin ! Une véritable aventure !
On t'attend Rambo !...
Après avoir pris notre arme,
Bof !
Nous nous rassemblâmes sur le parade ground. L'aventure allait commencer !
ENEIS
Se. gent ?! Vous avez éser vé les places du camping !
Quelques heures plus tard, des bois magnifiques nous accueillirent...
Alors monsieur Rambo ? Tout ok ?
Ah... Dinjac Mon rêve se réalise, enfin !...

Et en plus, devine qui distribue les cartouches?!
TILT!!
Ne sois pas 'adin hein, Stae?
Distribution de munitions Ici!!
Et Dinjac, Viens vite!
J'ai une idée... Bzzzzz
CRUNTCH!! MIAM... ...SLURP! CRITCH!! MIAM!
ZZZ
Ouh... Ouh... Dinjac! Bon appétit!
C'est un chouette gars ce Dinjac!
Petite récréation les gars! Venez ici!
Ils se rassemblèrent donc tous!!
Vous serez étonnés de la puissance de ce bidule!!

Pouquoi as-tu autant de biscuits?
?
Je les ai échangés contre des cartou-ches!
Je ne com-p. ends . ien à . ien, ici!
?!
Pour cette démonstration, j'ai besoin d'un...
Casque! Soldat milicien Staer, donnez-moi votre casque!
?
Pourquoi le mien? Je suis obligé? OK!
OK! Cela fera l'affai-re!
J'allume le thunder flash.
Messieurs, notre fusée va décoller...
ZWOUF!!

ZWOOOUFF!!
Ça vole haut ce truc!
?!
Mince! Mon cas-que?
Et!! Chauffard!
Allo, Ici la navette spatiale pilotée par Drik Fritémoules... Nous observons...
un drôle d'objet qui arri-ve droit sur nous... Cela res-semble à...
NASA
MON... CASQUE
Mais les choses sérieuses allai-ent pouvoir commencer!
Commençons par l'exercice de la sentinel-le!
Voilà, j'ai besoin d'une sentinelle et de trois soldats!
Mais où est mon casque?!
P'Zimli, Staer et Dinjac!

Disons que si le soldat qui se présen-te
a un casque sur la tête, c'est un ennemi, s'il a un beret, c'est
un présumé ami. S'il n'a rien sur la tête, il s'agit d'un ami.
Dites mon sergent ?! C'est dans les conventions de Genève que les ennemis ont un casque ?
?
Bon !
Alors toi... tu joueras le rôle de la sentinelle !
Hürb et Dinjac, vous êtes les enne-mis. OK ?
TOUS À SON POSTE SOLDATS !
Allez-y !
En fait, on fait quoi ?
HALTE !
YAARAA !
YYYYAA !!
À L'AT-TAQUE !!
?
Non ! Non ! Et non ! Staer, t'es un ami.

IL EST TROP BÊTE!
Quel ne. veux!
Staer! Vous n'avez pas de casque donc vous êtes un ami!
Oui et alors?
Vous vous présentez comme un ami!!
A propos Staer....
Vous pourrez avoir un nouveau casque à la caserne!
SNIF!
Repos! Soyez en forme... Car cette nuit, nous ferons un jeu d'approche!
Chic!
Cette nuit-là!
Vous voyez les 2 lampes? Il faudra les atteindre sans être vu! OK?!
Le camouflage est de rigueur soldats!
Pa.don sergent!
Quoi encore soldat N'Zimbi?
?
Pou. moi, pas besoin de Ca.age... C'est inutile!!

BEUH!! ...
FOUTEZ-MOI LE CAMP!!
Colère noire ?!
Dans la nuit profonde...
C'est cette direction... Vous croyez ?!
On voit les lampes!
Mince, on s'est trompé!
Je crois.
Aïe, aïe aïe...
JULIPER
BAR
HIPS!
Tu connais la blague du fou qui dit toujours Non
Non!?
Santé les gars!!
Ah... vous êtes aussi perdus!?
Pendant ce temps... à quelques centaines de mètres de là...
Ah!...
Z'avez-vu l'heure? Pas encore là!
ET GLOU... ET GLOU... ET GLOU... IL EST DES ...

Bon... Je vais me coucher. Trop fatigué... ils m'épuisent.
Mais qu'est-ce qu'ils fichent à la fin! Allons au lit!
Au dodo! J'suis crevé!!
Après quelques heures de repos...
OUH! OUH! OUH!
RRR...
ZZz...
l'aube arriva...
Au revoir. N'oubliez pas de revenir vite!!
Sal... hips! lut! hips salut!
JULIPER...
JULIPER!..
JULIPER... HOU..HA!
Belle virée Hiiii!
Ah... que oui... Hips!
Ah, c'é une pa... eille nuit, je me sens cuit!
OH!
AH!
IH!
AH!
AH
6 heures.
Attention! Debout bande de larves! Rassemblement! Debout les morveux!
1... 2... 3... 4... 5... 6... ... 20!
À GAUCHE!! ...
... AUCH!!
?

Le sergent semblait décidé de frapper un grand coup !!
L'autre groupe se tient dans le bosquet. Vous devez les surprendre !!
La joyeuse petite troupe partit donc pour sa première mission.. Allait-elle pouvoir surprendre l'autre équipe ?? Courageusement, nos amis prirent...
le chemin de la "guerre". Les responsabilités de cette entreprise reposaient très lourdement sur les épaules du soldat
Dinjac, désigné chef de l'équipe. Le soldat Stacc était le second.
Avec moi, aucun doute permis, la mission sera menée à bien ! Parole de Rambo !
Parmi eux, venaient se joindre le soldat Fétnat N'ZIMBI et bien sûr le
Toujours pas d'ennemis en vue chef Dinjac !??
?
soldat Coni Sliüb !!
Je vous assure que je suis tout ému de participer à ma première attaque !
Il fallait, avant tout, établir un judicieux plan ...
Puisque c'est toi le chef, Dinjac, nous t'écoutons !!
O.K. ! les gars ! Venez, suivez-moi !!
Nos "ennemis" se cachent donc dans le bosquet. Nous allons les encercler !!
J'ai t'es peu ftae ' !!
Moi, pas ! N'ZIMBI !

De l'autre côté, l'attente provoquait une angoisse indescriptible. Comme le temps passait lentement.
Soldats! Soyez toujours prêts à intervenir!
C'est dans un décor fabuleux qu'allait se dérouler l'exercice. La fièvre montait et seules les hirondelles prenant pour la circonstance des allures de vautours semblaient vouloir assister au spectacle horrible inventé par l'homme: la guerre!!
On voit leurs casques. Ils attendent
Je ne vois 'ien!!
Puisqu'il faut les surprendre, nous les prendrons par surprise!!
Quel est chez vous ce don d'intelligence, chef Dinjac?!
Regarde plutôt le plan, N'Zimbi!
C'est ça un plan!??
Les acteurs se mettent en place. Le décor est bien planté. Bref, le spectacle peut débuter.
Je sens le canton!
Chut! Stae! J'entends mon coeu' qui bat!!!
SOUDAIN...
YAAAAAAAAA!!!
PAN!!
AAAAAA!!
PAN!
PAN!

PAN!
PAN !!
PAN!
Et toi, là-bas! Je t'ai tué deux fois!!
PAN!
PAN!
AAH! J'ai mal... AAH! Ma jambe, j'ai mal!!
Ayons tous une pensée émue pour Marcel
Mais pou'quoi, tu ne tombes pas quand je ti'e su' toi!!?
Mais, C'est faux!!!!
Cela veut dire que je te tue au moins deux fois et tu ne tombes pas!!
Mais tu rêves mon vieux!! Au contraire, c'est moi qui...
Dites les deux querriers!! Mettez-vous d'accord!!
Raaah! Où? Où se cachent les ennemis?!
Je crois qu'ils sont partis dès qu'ils t'ont aperçu!
AU MÊME INSTANT...
Et les gars!! Je souffre vraiment! Ce n'est pas du cinéma!!!
À L'AIDE!!
...

Quel comédien, ce Marcel !! Il joue bien! ...
Oui! Comme Sylvester... Stallone!
AAAAA... JE SOUFFRE...
Hélas, il était bel et bien blessé.
Et... Ma.cel souff.e v.aiment. Ce ne sont pas des g.imaces!
Et les gars, pas mal pour une première attaque : un seul blessé.
PIN... PON PIN PON!!
Au beau milieu de la nuit...
Dinjac?! Et Dinjac?! Debout, c'est ta garde...
MMM...?
Hum! Oui, Que se passe-t-il? Pourquoi tu me déranges?
C'était le tour de garde du soldat Dinjac. Il devait relayer pour
Bonne garde. Ne faites pas de bêtises!
?
N'Zimbi et Dinjac : Deux gardes de choc!
Pou.quoi tu n'as pas en.ore ti.é, Dinjac? T'as peu.?
Je ne tire pas comme ça l'arme ...
Je veux voi.
reste propre. Je vais te montrer. Voilà, je tire sur le ressort, j'ouvre et...
!?!
CHTOONKK!
ZZZZZZZ ZZZZ ZZZ
?
M....!
Je comp.ends pou.quoi l'a.me reste p.op.e. Tu la vides!...

Evidemment, il fallut annoncer la nouvelle !!
Ben, oui!
Mais, c'est surprenant. Vous êtes bien le premier à qui ça arrive!!
?!
Jamais vu une ...
bande pareille...
Non ! Jamais !!!
AH ! iH! OH!
AH
?
CHAPITOT
* rire bête!
C'EST PAS VRAI!
L'arrivée à la caserne ...
Tu iras directement à l'armurerie!!
ARMURERIE.
Stg BAVE
Tenez! Voici l'arme. Les pièces mobiles n'y sont plus!
Pardon soldat Dinjac?! Ai-je donc bien compris Dinjac?!!
?
Pourrais-je savoir comment vous avez réussi à perdre vos pièces mobiles?!!
?!
Ben, en fait, je crois que le ressort...
Soudain, un cri strident déchira le calme de la nature ...
VOUS ALLEZ LES PAYER ... VOS PIÈCES MOBILES !!

Quelques jours plus tard, l'incident des pieds mobiles n'était plus qu'un mauvais souvenir !
Messieurs, j'espère que vous n'avez pas oublié le drill !!
= CONGÉ !
ADRIENNE !? ... J'AI GAGNÉ !!
RRRZZZ ZZ...
Chacun d'entre vous doit toucher la cible qui se trouve devant lui ! Vous pourrez connaître l'endroit précis que vous avez atteint grâce à vos amis ...
Attention ! Pour un tir au coup par coup de 5 cartouches. En joue !!! ...
ZZZZ

FEU!!
PAN!
PAN!
PAN!
Dites, soldat N'Zimbi ?! Etes-vous sûr d'avoir tiré
?
EUh...oui ?!!
?!
?!
Tiens, tiens !?! Je c'ois qu'en définitive, mon cha'geu' était vide !
Comment voulez-vous toucher une cible sans cartouche ?!?
Ben, en fait, je n'avais pas vé'ifié !!!
La séance se poursuivit dans la joie et le bruit !!
PAN!
FEU!
PAN!
PAN!
PAN!
Enfin ...
Messieurs ! Voici le résultat de vos tirs respectifs. Nous commençons par le sol-...
AAAH!!
dat Dinjac. Vous avez obtenu 5 sur 20 ! Quant à vous...
soldat Staer. Vous avez obtenu...
OUI?!
OUI?!
OUI!
2 sur 20 ! Pas fameux !! hein ?!?
Staé' ?! Tu peux p'end'e mon mouchoi' ! Il est p'op'e !!
NON!
NON!
NON!

Par contre, je suis très fier de pouvoir vous annoncer que notre ami Slürb a pu...
atteindre le centre même de la cible. Toutes mes félicitations, Slürb!
Je suis très fier que vous soyez fier de moi, mon sergent!!!
BOOUH!... BOOUH!... OU...
Ce n'est pas g'ave Slae!!
AH! BRAVO! BRAVO! BRAVO!
YEP!!!
WOOOA!!
WOAAA!!
CLAP!
CLAP!!
BEU!
CLAP!
CLAP
CLAP!
CLAP!
Voilà donc l'impact! Hélas, il n'y en a qu'un seul!
Mais Slürb n'était pas d'accord!
Mais, mon sergent. Toutes les balles ont traversé le même trou!!
?!
Retour à la caserne ...
Allez, allez... Courez fainéants. Plus vite, plus vite!!
DINJAC!! COURS!! ...
Il m'énerve celui-là!
JE VOUS DONNE CINQ SECONDES POUR REJOINDRE LES AUTRES!!!
?!
Vous ne voulez pas obéir!?!
?
Et pourquoi devrais-je toujours vous obéir?! Je n'ai pas envie de courir, c'est tout!!

Ainsi donc, vous jouez à la forte tête ?! Mais, ne riez pas trop !!!
Je ne ris pas, sergent, je souris !!!
VOUS N'ÊTES QU'UN ... MINABLE !!!
Aaah ! Vous souriez... Et bien, moi, c'est avec le sourire que je vous dis que ...
Ce soir, vous serez de corvée. Votre "week-end" est supprimé !!
C'est la larme à l'oeil que Dinjac regagne la caserne
Durant la corvée ...
Alors Dinjac !! Que s'est-il passé ? Je parie qu'il t'a foutu de corvée AH ! AH !! AH !
212
Je pense l'avoir un peu énervé. Il faut bien admettre que je suis fautif !!
J'M'APPELLE LÉON.. J'AI UN GROS CAMION ! ...
?!?
QUOI ?!
GRBBM... GRRRHBBLLM...
ON NE PARLE PAS AVEC UN PUNI !!
?!
?!

Je reviens d'ici une petite heure Dinjac !
...ÉÉH!?
ZWIP !
NOM... DE !?!...
ZZZzzz !
CRÉNOM... DITJUUU!!
?!?
Désirez-vous une petite aide, Sergent?
Bien fait. Na !
A ce moment ...
Chef, se-gent ! La T.V., elle ret-ans-met...
Quoi encore N'Zimbi?
?!
AÏE !
Oh... là, là... ma tête
Ah... Se-gent? Mais que faites-vous là?
Je prends des coups !!
Aïe, aïe... Ma tête tourne et je vois des étoiles partout.
?!
Des étoiles? Ça tombe bien, ça! On .et.ansmet l'ar-ivée de la na-vette...

Chers téléspectateurs, C'est avec une joie démesurée que nous vous proposons l'atterrissa- ge de notre Drik Fritémoules ...
Ah! Quel gars, ce Drik Fritémoules!
J'espé.e que tout se passe.a bien
Bientôt, c'est moi qui représen- terai notre mère patrie ...
Bien sûr! Au début de la conquête spatiale on envoyait bien des singes.
J'ai donc toutes mes chances!
Pendant quelques minutes, nos amis regardèrent le spectacle grandiose.
!!
Voilà, la navette spatiale est entrée dans l'atmosphère depuis maintenant 57 secondes ...
UNITED STATES
... Et mesdames et messieurs, extraordinaire, elle arrive en bout de piste! Quel moment! Merci Drik!
Soldats mili- ciens, ces moments historiques témoi- gnent de la grandeur...
de la Belgique!
Pour notre beau pays
EN EIS!!
?
Fantastique, mesdames et mes- sieurs... Drik Frité- moules descend à l'instant...

Et les gars... Le héros passe à l'interview... Chuuut!
C'est un Drik détendu qui s'exprime...
Wel, nel, Miste. Fritémuul Comment s'est déroulée votre mission?
Ah... Wooui... C'était magnifique! Merci!
Pouvons-nous connaître la nétiouwe* de l'objet que vous tenez ?!
?!?
* la nature.
YOUPIIE!!
?
?!
IL A RETROUVÉ MON CASQUE!!!
Et Stae. il a retrouvé ton casque. supe!!
Ben, ça alors!!
Wooui! Il s'agit d'un casque authentique.
Je peuse même préciser que c'est un casque militaire!
?
Et où avez-vous trouvé cette belle pièce? Ou mister Drik?
Mais... dans l'espace naturellement!
Mon casque, Merci, merci... Je retrouverai mon casque!
Wel, mister Drik Fritémuul Merciiii... pour tout. Thanks.
SCHMAAAKK!

Quelques jours plus tard...
Soldats ! J'ai une bonne et une mauvaise nouvelle...
Ah !?
Dites-les nous sergent !
La bonne nouvelle est que votre période d'instruction est presque finie !
La mauvaise nouvelle est que vous partez en Allemagne dans 3 jours !
?!
Ah ?
Ah ?
Ah ?
Ah ?
Maintenant, mon coeur se tord de tristesse et de douleur.
Et pourquoi ?
Je m'étais habitué à vous soldats. Vous allez me manquer !
Je ne vous verrai plus jamais. Je suis triste !
OOOUAAAÏÏÏ
?
BOUH! OUH! OUH!
SNIF!!
Allons, allons, sergent... Que se passe-t-il ? Vous pleurez ?!
Mon colonel, je suis triste. Je ne suis qu'un minable ! Bouh !...
Mais non, mais non...
Ne me regardez pas ! Je suis laid quand je pleure.
Diplôme 1er soldat !
Ils n'étaient même pas tristes. Ils étaient contents !?

Aujourd'hui, les soldats miliciens doivent passer leur permis de conduire poids lourds : un grand jour !
Soldat Dinjac, à vous l'honneur. Nous allons commencer avec vous. Courage !
Et mon ami, je te souhaite bonne chance !
MAN
Pourquoi dois-je commencer ?
Et bonne route à vous ! Surtout, rentrez vivants. Ah, ah, ah, ah !
Bonne chance mon ami.
Les choses commencèrent très bien.
Allez mon gars ! Tu passes ta première ...
Oh. Bof... Peut mieux faire, n'est-ce pas sergent ?
Avec aussi peu d'expérience et aussi peu de kilomètres, le soldat Dinjac ...
n'a pas l'ombre d'une chance de réussir le permis.
Allez, allez, utilise le frein moteur ! Le frein moteur, j'ai dit !
Ça va quand même un peu mieux ?
Mais non... Tu ne regardes pas la route. Moins vite... Moins vite...

Dinjac, attention! Nous arrivons au carrefour de la mort!
Et vous savez pourquoi? Il a été appelé comme ça depuis votre passage.
Euh! Le sergent instructeur n'en est pas encore remis!
LE FEU!!
Mais je ne rêve pas! Il est rouge ce feu! Il rouge! Et vous passez!?
Heu, heu... Désolé Sergent! J'ai eu trop peur de freiner... Je suis passé!
Z'ÊTES FOU OU QUOI ?!?
ZOT.134
TTRRIIIIIiii
TRIIIIII...
Faites semblant de rien Dinjac! Démarrez... L'air de rien... Discrètement... Allez!...
Z'êtes fous. Vous ne connaissez plus les couleurs!
BEN ÇA ALORS!?
VROUM

Après une telle frayeur, il fallait bien un petit remontant pour le sergent et son ami le colonel!
Malgré Cela mon Colonel, tout s'est bien passé Un seul échec! ...
Ah, bon!! Lui? Je parie un bac de bières que c'est Dinjac!
D'ailleurs, je lui interdis de prendre le volant. Il en va de la sécurité nationale.
Ah bon ... C'est que les miliciens sont en train...
CRAT!
CRAT!
de passer les manoeuvres... Et j'avais demandé à Dinjac d'essayer de...
?!
1.
Et!? T'as vu cette ligne p'tit c..? C'est un mur! Et si tu touches ce mur avec mon camion, je te casse ta petite g..... de plouc de m...
?
!
?
?
Dehors.
Vous êtes c.... ou quoi? Un camion... Ce n'est pas une trottinette.
Caporal?! Si vous continuez à crier et à être aussi grossier, vous allez me dégoûter de l'armée.
Et stac... Ne t'inquiète pas... On est bien tôt partis!
2
Dinjac! Dinjac! Ne passez pas les manoeuvres... Venez!
Ben oui, sergent... C'est ok!
Ah... Mon brave soldat! C'est pour votre bien. Arrêtons les frais!
Vous êtes d'accord avec moi cher Colonel... N'est-ce pas?
Absolument! C'est mieux ainsi... Moins de stress!
3.
Avec plaisir mon sergent. Merci!
Je vous offre un verre mon cher Dinjac... Vous n'aurez pas tout perdu.
juste!
On ne dit pas mon sergent. On doit dire simplement: sergent!
Bien mon Colonel...
Non, soldat. Il faut juste dire: Colonel !!
4.

Avec le temps va, tout s'en va...
DEMAIN, VOUS PARTEZ POUR VOTRE CASERNE EN ALLEMAGNE !!
Mais cela ne signifie pas que vous pouvez faire ce que vous voulez !!!
?
Bien évidemment, le soir à la cantine...
Plus qu'un jour et vous partirez d'ici !!!
AH! OH! IH!
AH AH!
* rire franc!
MOA, LE SERGENT CHABITIZI, JE DEMEURE ICI !!
Et toi, à qui devez-vous plaire ?! Pas à mooa !!
IH! IH! IH!
* rire amusé.
?!!
Je ne parviens pas à reconnaître qui il imite !!
AH! IH AH!!
Allez, on y va pour la DRILL BEAT!
* rire satisfait!
Et maintenant, nous allons danser la DRILL BEAT! Attention, tous en piste. Prêts pour le mouvement ?!!
?
Allez, Staer!? Pourquoi? Bof, on a plus rien à perdre !!
W.C.

C'EST LA DRILL BEAT!! 1... 2... 3 ... 1... 2... PAR FILE À GAUCHE...
ENEIS
EN AVANT... ARCH!!
C'est génial! Et après ça, nous avons tous très soif!!
Et le plus comique, c'est qu'ils ne peuvent plus nous punir!!
Et votre place, je me méfierais!!!
?
Trop d'ambiance ici! Pas normal!?!!
C'EST LA DRILL BEAT 1... 2...3
ÉÉÉ!
DRILL 1... 2...
C'EST PAS BIENTÔT FINI?
AÏE!! AÏE!!
VENEZ TOUS ICI!... BANDE DE....!!!
!?
Aïe, aïe!! Très mauvais pour nos matricules ça!!!
On ne danse plus ?!?!
Ben non tiens!!!
Voilà pourquoi pendant notre dernière nuit à la caserne...
Dinjac, vous garderez les W.C. Hürb, l'extincteur!!!...
!?!

Chose promise, chose due ...
Le Hit Parade des connards!
1er Sergent Tanquer
2e Caporal Bol
Quelle mission! Heureusement que c'est la dernière planche! !!!
"HARPIC : Sponsor officiel"
Il paraît que se laver... "Rambo!" AH...IH...IH! *
C'est ça' on a 'eçu un savon, que nous devons ga'der les lavabos!?!?
rire discret
Je n'étais déjà pas trop chaud pour l'armée, mais alors là', je touche le fond!!!
Si au moins, j'avais pu garder l'armurerie!!!...*
?!
soupir!
Chez le colonel ...
Bravo colonel!!! Pas un seul chahut cette nuit!!
Ils n'ont pas bougé!!!
La caserne reprenait peu à peu sa vie normale. Et un peu plus tard...
Carré d'as!! Et toi ?!!?
AH?!
Papa, maman, c'est fini! Vous appartenez à l'armée!!!
Ben ça!?
!?!
?!!
BE COOL
Je suis le sergent CHABITIZI, la terreur des pelotons!!!
AH!.. AH AH!.. AH AH!...
* rire toujours aussi sadique.
Mais nos chers amis, mutés en Allemagne, n'ont pas encore fini de nous étonner. Quelle est la raison de l'étonnement d'N'ZIMBI, Staer, Slurb,
??
Euh... là là
!?!
?
et de DINJAC?!! Qui est la mystérieux FECH QUAT, seront-ils encore en EIS??!
Vous le saurez en lisant: "DINJAC CHEZ SES COUSINS (les) GERMAINS"!!
FIN de L'ÉPISODE
F. Jadin Novembre 92

Printed by Books on Demand GmbH, Norderstedt / Germany